HARUKI MURAKAMI

9 stories

HARUKI MURAKAMI 9 STORIES: KOI SURU ZAMUZA
by Haruki Murakami, Jc Deveney, PMGL
Copyright © 2019 Harukimurakami Archival Labyrinth, Jc Deveney, PMGL
All rights reserved.
Originally published in Japan by Switch Publishing Co., Ltd., Tokyo.
Korean translation rights arranged with Harukimurakami Archival Labyrinth,
Japan through THE SAKAI AGENCY and IMPRIMA KOREA AGENCY.

Korean translation copyright © 2023 Viche, an imprint of Gimm-Young Publishers, Inc.

이 책의 한국어판 저작권은 THE SAKAI AGENCY 와 임프리마 코리아 에이전시를 통한
Harukimurakami Archival Labyrinth 와의 독점 계약으로 비채에 있습니다.
저작권법에 의해 한국 내에서 보호를 받는 저작물이므로 무단전재와 무단복제를 금합니다.

사랑하는 잠자

무라카미 하루키 단편 만화선 #5

1판 1쇄 인쇄 2023년 9월 25일 | 1판 1쇄 발행 2023년 10월 30일

소설 | 무라카미 하루키
만화 | PMGL 각색 | Jc 드브니
옮긴이 | 김난주
펴낸이 | 고세규
편집 | 장선정 박규민 디자인 | 홍세연 유향주
마케팅 | 이헌영 박인지 정희윤 홍보 | 반재서 박상연

발행처 | 김영사
주소 | 경기도 파주시 문발로 197(문발동) 우편번호 | 10881
등록 | 1979년 5월 17일 (제406-2003-036호)
구입 문의 | 전화 031)955-3100 팩스 031)955-3111
편집부 | 전화 02)3668-3295 팩스 02)745-4827 전자우편 literature@gimmyoung.com
블로그 | blog.naver.com/viche_books
트위터 | @vichebook 인스타그램 | @drviche

ISBN | 978-89-349-4235-1 04830 978-89-349-4665-6(세트)
책값은 뒤표지에 있습니다.

비채는 김영사의 문학 브랜드입니다.

JC Deveney & PMGL d'après Haruki Murakami

일러두기

모든 주는 옮긴이주입니다.
오른쪽에서 왼쪽으로, 위에서 아래로 읽도록 구성되어 있으며 이는 원서와 동일합니다.

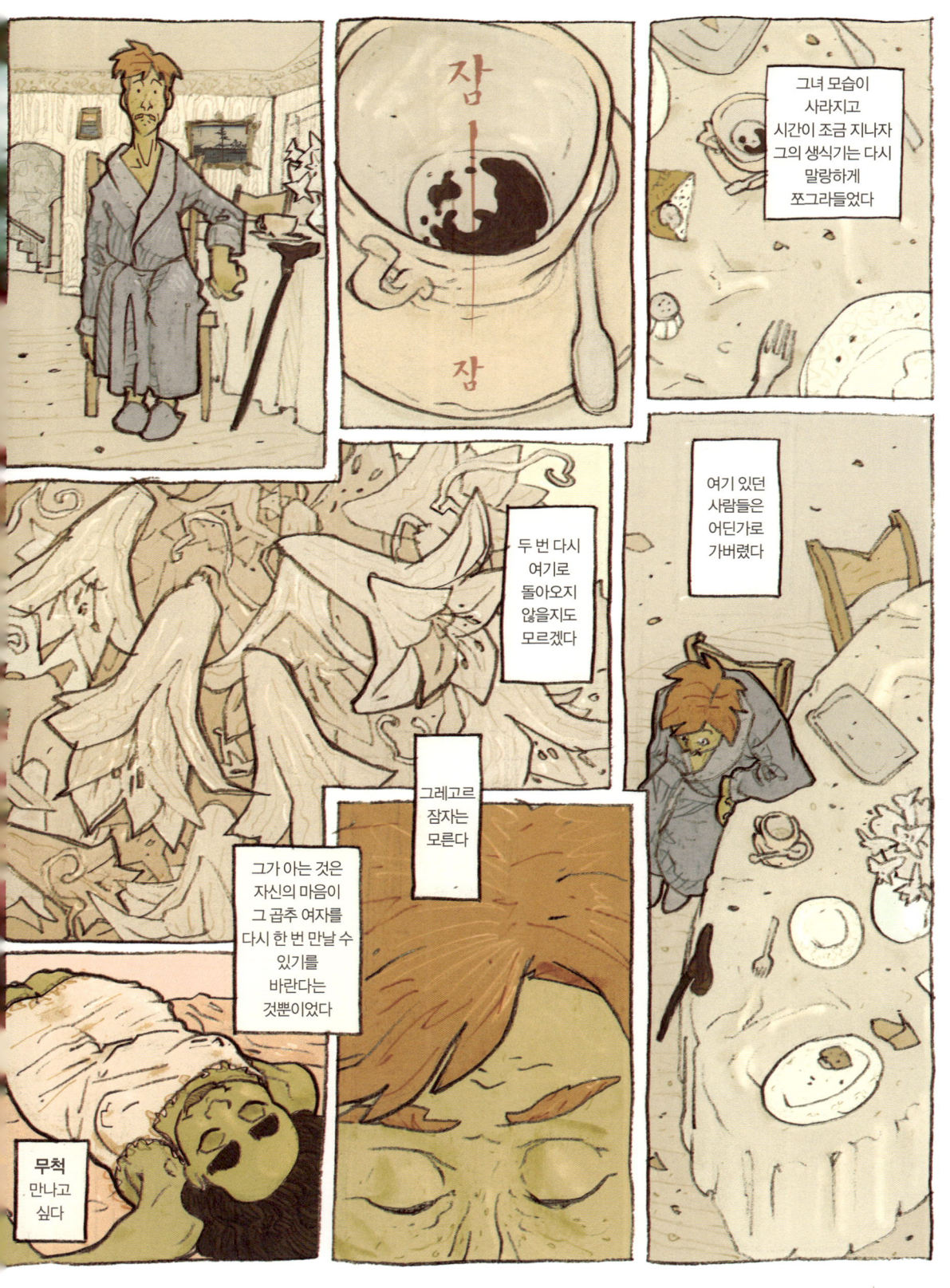

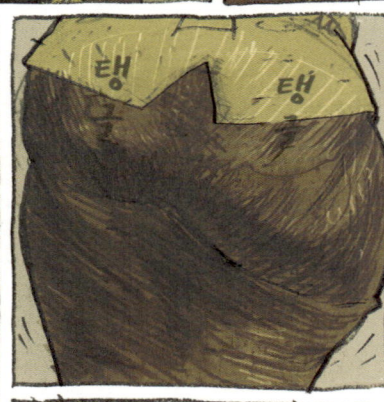

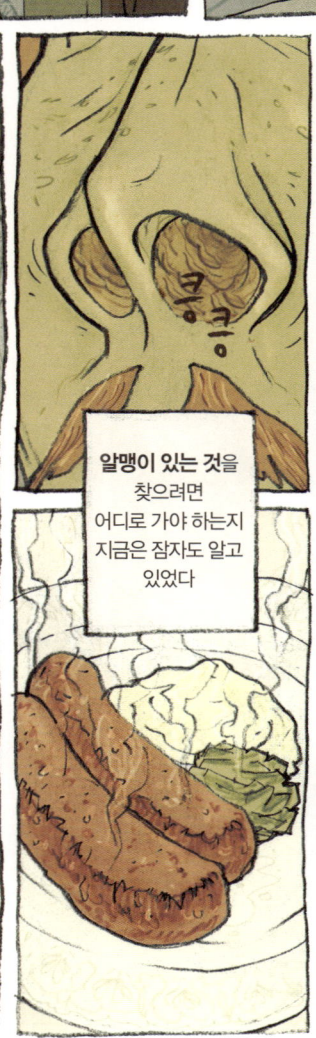
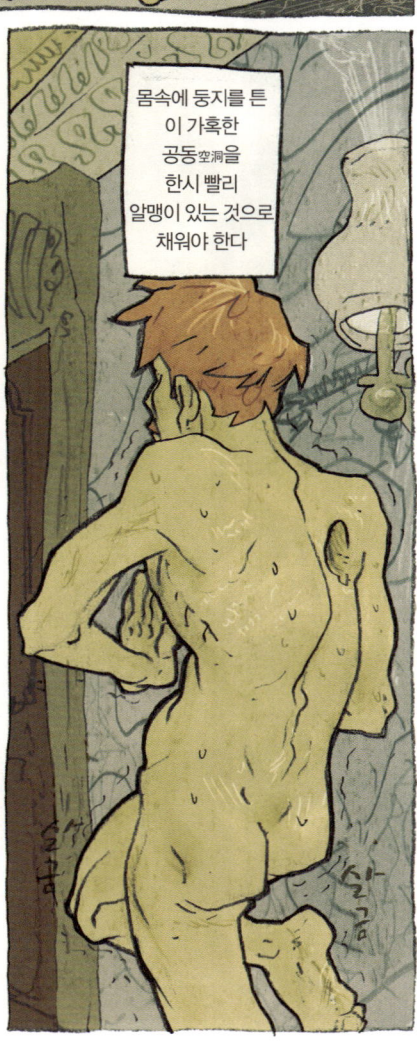

잠에서 깨어났을 때, 그는 침대에 누운 채 자신이 그레고르 잠자로 변신했다는 것을 알았다.

HARUKI MURAKAMI

9 stories

무라카미 하루키 단편 만화선 #5

사랑하는 잠자

恋するザムザ

무라카미 하루키 소설　　PMGL 만화　　Jc 드브니 각색　　김난주 옮김

비채